しあわせかんちゃん

泉 寛
IZUMI Hiro

文芸社

目次

子供の頃

私の実家は農地が広い農家で、田、畑がいっぱいあり林も広くかぶと虫をつかまえに行く絶好の場所でした。

町の子供達もつかまえに来ていました。

家族は祖父母、両親、兄弟五人です。子供五人は上から兄、姉、私、弟、妹です。私が小学一年生の頃には妹をおんぶして子守をさせられました。私は走りまわって遊びたいので子守を言われる前に家を飛び出して、部落の同級生達と思うぞんぶん村の中を走りまわり遊びました。

私の遊ぶ相手はほとんど男の子ばかりです。女の子は、おままごとなどあまり走り回らない為、私は男の子達と遊ぶ方が好きでした。走る競走から、ちゃんばらごっこ、木のぼり競争、かくれんぼ、が主でした。

祖父母には子供が出来ませんでした。私の父は祖父の一番下の弟で上の兄弟達の母親が子供の小さな時に死亡したので、その母親の妹と再嫁して生まれた子でした。

祖母はいつも、「五人の孫のうち三人だけ、だれと決めるのではなくおばあちゃんの子供だと思って育てているよ」と、言っていました。そして父、母は若いので朝早くから、夜遅くまで働いているので、祖母が食事の用意や学校へ持っていくお金を集金袋に入れてくれます。

どんなおかずでも子供全員で分けて食べます。ぜいたくではないですが、家族全員平等に生活していました。

朝、夕の食事前には、仏壇にお参りしないとごはんを食べさせてもらえません。兄弟達と走って奥の仏間へ行き、手を合わせて、又走って戻り、楽しく競争して食べます。

夜、寝る前には祖母から、声に出しても、心の中でつぶやくだけでもよいから、一日一日が無事で過ごせたら「なむあみだぶつ」と言って寝るのだよと言われていました。

私達兄弟は、気がつくと祖父母と一緒に寝ていました。又、下の兄弟が生まれると、両親と一緒に寝ていた一番下が私達と同じ部屋で寝るようになります。祖父の方が晩酌をして早く寝床に入るので、祖父とくっついている場所が温かくなっています。祖父は、昔話をしてくれます。私達は、たいていそれを聞きながら寝てしまいます。

家畜ですが、田んぼを耕すのに馬が一頭いました。にわとりも庭で放し飼いをしていました。私が小学校の頃から、祖父と父は豚を買って、大きくして売ったり、子豚を生ませて売ったりしていました。ほかに、肉牛も買って、私達子供の将来のためにと、お金を稼いでいます。もちろん農業が主です。

家の周りには梅の木が三本、柿の木が四本、それも種類のちがう物ばかりが植わっています。栗の木が一本、ももの木が一本。竹林もあって、それぞれの木の実は家で食べるほか、町へ売りにも行きます。得意先は決まっている様子でした。

兄は高校卒業後、農業を継ぎました。この長兄から二歳下の姉は、高卒後、看護学校へ行きたかったらしいのです。けれど、下に兄弟が多いので、早く嫁に行ってほしいと両親に頼まれ、習い事をしていました。私は姉より二歳下で、当時、高校に入学したばかりでした。

春なので田植えが忙しく、そして母の体調が悪くなっていきます。鼻血が止まらず、田植えを済ませてから、町の病院へ入院しました。そこで、あと三ヶ月の命と言われ、我が家は真っ暗になりました。

私は高校一年生で、毎日、自転車通学で町へ行きます。そこで、母の入院先へ寄って、洗濯物を持って帰る事になっていました。

私は小学校からずっとソフトボール部に入っていて、夏休み中も部活がありました。ですから、母親の顔を見に行きます。

医者は三ヶ月なんて言ったけど、母は生きている。私の母親だもの、死んだりなんかしない、と心で叫んでいました。

九月になり、学校の授業も始まりましたが、相変わらず毎日、母の顔を見に寄っていました。ですが、母の元気がないのが感じられるようになってきます。父も祖母も、私とは別に病院へ母の具合を見に行っていますが、家で「いよいよだめだ」と話をしていました。

その一週間後、母は亡くなりました。

この時、私は決心しました。なぜ、母を助けられなかったのか。病気の原因と治療方法がどんなものがあったのか、勉強して詳しく知りたいと。

母親を亡くしたのは高校一年生の時でしたが、悲しさは続き、高校卒業まで何かにつけては泣いていました。

結婚相手の条件

私の姉は親類の勧めるまま結婚したのですが、半年で離婚。相手は教師で、その家を訪れる仲間は全員教師で、大学へ行っていない姉だと話が合わない、というのが原因でした。

その半年後、親類のすすめで再婚します。お婿さんは結婚する前、関西に住んでいたという事しか私は知りません。家は農家で、山ぞいにあり、両親と弟が一人いるとのこと。「俺は初婚なのに二度目の嫁をもらってやったのだ」と言います。

先方の部落の行事で、父が初めて姉の嫁ぎ先へおよばれをされた時のことです。父が玄関に入ったところ、お婿さんが先に出てきて、姉が後から迎えに出てきました。すると、お婿さんは「出てくるのが遅い」と、父の目前で姉をたたき、体を足で蹴ったのです。父はびっくりして、およばれどころではなかったそうです。その後、また姉の嫁ぎ先から、家の行事があるので来てほしいと言ってきました。父は二度と行かないからと、兄に行かせました。すると、兄も姉の嫁ぎ先の玄関で、姉の出迎えが遅いと、お婿さんが怒って姉の髪の毛を持ってひきずり回し、足で蹴ったのだそうです。

兄はびっくりして、いったん外に出たところ、婿さんが追いかけてきて、家の中へひっぱり入れたとか。兄は行事の最中、あちらの家の方々の中でがまんしていたとの事。その後、兄も姉の嫁ぎ先から足が遠のきましたが、姉の出産で農業の忙しい時に、手伝いだけ行ったそうです。その後は二度と行きませんでした。

そうした話を聞いていたので、私も姉の嫁いだ家へは行きたくありませんでした。ですが、高校を卒業して看護学校にいた時、寮へ姉婿が迎えに来て、「家に来い」と待っているので、しぶしぶ同行しました。

家の玄関で中に声をかけたのですが、やはり「すぐ出てこなかった」からと、私の目の前で姉の髪の毛をつかみ、ひきずり回して、体を蹴ったのです。それも何度もです。「妹が来たのだから、早く迎えに出てこい」と言いますが、私の見ているかぎり、姉の出てくる時間は何も遅くありません。姉は「ごめんなさい」と、床に頭をすりつけています。

私はこの家へ二度と来るものかと、走ってバス停へ向かいました。

私は自分の結婚相手は自分で見つけようと決めました。それも、暴力をふるわない、やさしい男性である事が第一条件です。

病院の看護師として働くようになり、ボーイフレンドが三人いました。それぞれ観察していましたが、結婚の相手としては見られませんでした。

主人と知り合い結婚するまで

看護師になってからは、母のいない実家へ月に一回は帰って様子を見てこようと決めていました。

電車で地元駅に着くと、学生の時は歩いて三十分のところを、収入があるので駅からタクシーを使い、家の近くまで乗ります。月に一回ではありましたが、続けて三回、同じタクシーに乗ったのです。運転手が私を乗せたのを覚えていて、その三回目に、いろいろ話しかけてきました。そして「地元にもボーイフレンドが一人くらいいてもいいだろ、とても好青年だから」と言うのです。

地元に戻る気持ちはさらさらありませんでしたが、あまりに強く勧めるので、一回だけ会ってから断ろうと思って、翌日、運転手の紹介で会ったのです。

紹介された泉の外見は、私の好みのタイプでした。それで断るのはやめにして、来月、地元に戻った時に、又、会おうかと思っていたら、私の次回の休みに合わせて、寮まで迎えに来てくれたのです。地元から寮のある町はそれなりの距離があるうえ、仕事柄、私の休みは平日なのにもかかわらず、以後私の休日に合わせて、会いに来ます。

当時、看護学校の同級生は皆、結婚相手は大卒でなければいやだと言っていました。彼は高卒でしたが、私は相手の心の観察をしたいと考えていました。数回会う中で、話をする様子、言葉づかい、いろいろな質問に対し、どう答えて、どのような考えを持っているのか。

また、看護師という職業柄、何か病気を持っていないかと観察していました。移動の車の運転、乗り降りの様子まで見ていました。

そのうち、泉全体が、がい骨のように見えるようになって仕方ありません。顔だけ見ていると、目がパッチリして鼻筋が通っていますし、私の方がよっぽどブスなのですが、その顔が又、がい骨に見えてくるのです。車で移動中、話してい

郵便はがき

料金受取人払郵便

新宿局承認

7553

差出有効期間
2024年1月
31日まで

（切手不要）

1 6 0-8 7 9 1

141

東京都新宿区新宿1－10－1

(株)文芸社

愛読者カード係 行

ふりがな お名前		明治 大正 昭和 平成 年生 歳	
ふりがな ご住所	□□□-□□□□	性別 男・女	
お電話 番号	（書籍ご注文の際に必要です）	ご職業	
E-mail			
ご購読雑誌（複数可）		ご購読新聞 新聞	

最近読んでおもしろかった本や今後、とりあげてほしいテーマをお教えください。

ご自分の研究成果や経験、お考え等を出版してみたいというお気持ちはありますか。

ある　ない　内容・テーマ（　）

現在完成した作品をお持ちですか。

ある　ない　ジャンル・原稿量（　）

書　名				
お買上 書　店	都道 府県　　　　市区 　　　　　　郡	書店名		書店
		ご購入日	年　　月　　日	

本書をどこでお知りになりましたか?

1.書店店頭　2.知人にすすめられて　3.インターネット(サイト名　　　　　　　　)

4.DMハガキ　5.広告、記事を見て(新聞、雑誌名　　　　　　　　)

上の質問に関連して、ご購入の決め手となったのは?

1.タイトル　2.著者　3.内容　4.カバーデザイン　5.帯

その他ご自由にお書きください。

(　　　　　　　　　　　　　　　　　　　　)

本書についてのご意見、ご感想をお聞かせください。

①内容について

②カバー、タイトル、帯について

弊社Webサイトからもご意見、ご感想をお寄せいただけます。

ご協力ありがとうございました。

※お寄せいただいたご意見、ご感想は新聞広告等で匿名にて使わせていただくことがあります。

※お客様の個人情報は、小社からの連絡のみに使用します。社外に提供することは一切ありません。

■書籍のご注文は、お近くの書店または、ブックサービス(📞0120-29-9625)、セブンネットショッピング(http://7net.omni7.jp/)にお申し込み下さい。

ても、ときどきがい骨に見えます。自分でもこまってしまいました。

ただ、お付き合いしているうちに、泉が一番好きな人になり、結婚の話になりました。

私は看護師の職業と泉を天秤にかけて、泉の方が一ミリグラム重かったので、泉との結婚を決めました。「後悔しないのか」「これで良いのか」と自問自答のくりかえしでしたが、最後に「この人とならどのような事もがまんできる」と決めました。

ところが結納の話になっても、実家は父以外は全員反対、親類も全部反対です。その親類の二軒それぞれから、おじさんが、私に話があるから来るよう言われ、訪ねると、半日くらい「泉へは行くな」と諭されるのです。

反対の理由は、職人を育てる昔からの家だから厳しい。お母さんがきつい人だと聞いている。あちらの町中では金持ちの部類で、付き合いしにくい……。

それでも私の気持ちはぜんぜん変わりません。家族も親類もしぶしぶトラック三台分の嫁入り道具の準備をしてくれました。

「娘に恥をかかすな」と米も三俵、わらで編んでリボンをつけて用意してくれて、父には感謝です。

式の当日、祖母も父も「娘は苦労をしに行く」と言って、涙を流しました。兄は私が花嫁姿で玄関を出る時、「離婚しても、家には入れてやらないぞ。いつ飛び出してきても、家には絶対入れてやらないからな」と、親類の人や兄弟や村の人達の見送りして下さっている所で言われて、私は「はい」と頭を深く下げて、お嫁さん用のタクシーに乗りました。

新婚旅行から帰って、泉の両親に二人であいさつしたとき、パチンとお母さんから冷たい言葉が返ってきて、その時から「そうだ、私はこの家へ遊びに来たのではない。働かなければ」と感じました。

家の中

泉の家は明治時代からいろいろなものの加工業などをしていました。
お父さんは県外へも勉強をしに行ったそうです。

私が嫁いだ時は三夫婦同居に主人の弟二人もいて、大家族です。
主人の兄弟は順番に、長女、長男である主人、次男、三男の四人です。私が嫁いだ時には長女は結婚していました。

私が嫁いだ年に、今まで家に下宿していた従業員が十年目になったので、通いになり、翌春から中卒の男子が十年間、住み込みの予定で入ってきました。住み込みの従業員は、仕事の休日だけ実家へ帰ります。

私が嫁いでから、お母さんは近所で「家に女中が来たから楽で、楽で」と言っていたと、数年後に近所のおばさん達が私に言いました。「泉のお母さんは嫁さんを大事にしないから、きっとバチが当たるよ」とも噂していたとか。私は外で家の中の事はいっさい話をしないのに、世間は見ているのだなと感じました。嫁いだ二年目から盆と正月に実家へ帰らせてもらうと、家に着いて三十分ほどしか過ぎていないのに、「お姉さんが帰ってきたから、台所をする者がいない。すぐ帰ってこい」と電話が入り、主人が迎えに来ます。

長女はおじょうさんでつんつんしている感じで、やさしい感じはありません。台所にも入ってきません。私は結婚して二年目から、実家へ行っても呼び戻される事がわかったので、お盆や正月が過ぎ、お姉さんが帰ってから半日くらい子供をつれて行くようにしました。又、お姉さんが帰ってこない年には、日帰りですが実家で気分がゆっくり休めます。

泉のお風呂ですが、昭和四十年代頃に町の中で家に風呂があるのは少なく、銭湯が盛んでした。私は嫁なので一番最後です。私の番になると、お湯の量は膝下です。シャワーのない時代で、風呂のガススイッチが脱衣室にあるので、スイッチを入れると、お母さんが音を聞いて、「嫁がガスを使う」と消しに来ます。何年もずっとこの状態でしたが、ガマン、ガマンでした。

私の子供二人は、お母さんが一番に入る時、一緒に入れて下さり、それでよしとしておこうと思っていました。

結婚して一ヶ月の早朝、急におばあさんがたおれて失神、二階に寝ていた私に、下からお母さんが「看護婦していたのだろ。早くみろ」とどなりました。あまりにも言い方が冷たいのでびっくりし、飛ぶように階段を下りて、おばあさんのところへ走りました。

毎日注意してみているとお母さんは祖父母に対する言葉がすべて冷たく、食事の用意も洗たくもしてあげず年寄りを大切にする心がまったく感じられません。あまりのひどさに私まで涙する事がたびたびです。祖母が動ける間は、お母さんが作ったおかずや買ってきたおかずも、たまにしかわけてあげません。祖母は近くのやおやで少しの買物で質素に他の家族より早めに食事しています。お父さんは、お母さんのする事にいっさい口を出さず、家の中の事はすべてまかせているから、お母さんのいうとおりにせよとの事でした。

私は年寄り二人をお母さんが見ないなら、自分が見ようと思いました。実際、二人共、家で亡くなるまで、私が面倒を見ました。祖母は心のやさしい人で、私に「べさばっか（地元の言葉で「女ばかり」という意味）」と一度も言いません。祖母は四年間、祖父は十一年間同居でした。お父さんは祖父の死後三年後に総合病院で癌で亡くなります。六十四歳でした。亡くなる十年ほど前から骨董収集をやり出し、お母さんと一緒に県外へも買い出しや遊びに出掛けていました。

癌になっているのは本人も近所の医者も気付かなかったようでした。私とは口もききませんし、たまに家中ですれちがう時は「べさばっか」と言われるので、私はさけていました。

お父さんが亡くなって三年後、お母さんから、店の経営を主人と弟さんに分担してもらえました。

この時、私は四十歳。この年齢になるまで、店から主人と私の給料がずっと出ていて、専従者生活費も多く出していましたが、主人は小遣いだけ、私は一円ももらえない生活でした。

これからは自分達だけの経営なので、すべて私のやりくりで、お金を貯めなくてはなりません。子供にもこれからお金がかかります。お母さんはとてもぜいたくをしていました。そして店の引き継ぎと同時に、寺の行事も私におしつけて、親類の付き合いや、町内の用事は私が二十代終わり頃からさせられていました。

主人は専門職人で、仕事が暇な平日になると、お母さんが誘って、町へ遊びに行きます。私は帳簿をしているのですが、腹が立って、コーヒーの代わりにビールを飲みました。たまにこんな事がありました。

この頃、子供は大学に進学。その後、国家試験に合格して大学院へ行きました。すると、下の娘も姉が院へ行くなら自分も勉強したいと国家試験を受験。合格後、別の大学へ行き、もう一つ国家試験を取ります。そのため、お金のやりくりではたいへんでした。

私が四十代の終わり頃には、娘の結納や結婚式など行事があり、私はいろいろ悩み考えてやってきました。主人は私に同行するだけです。

お母さんはお父さんの死後、「べさばっか」と言い出してきました。それも、一日に何回もです。「私の息子を取った」とも言ってきます。

お母さんはお父さんの三回忌が済んだ時以来、二十五年近く、毎日バスに乗って町へ遊びに行くようになりました。夕食には必ず帰ってきて私の食事内容を監視していました。主人が廃業届を出すと、今度は主人の車で、毎日二人で遊びに出かけ夕食も外で食べてきます。私はとても楽になりました。

お母さんは高齢で歩くのが不自由になり、出かけるのをやっとやめました。すると歩けないのを無理に歩く練習をして、ますます動けなくなり、寝返りもできなくなってきました。私は大あきれです。

お母さんの話し方は相変わらず冷たく、「姑を見るのが嫁の仕事だ」といばって言います。私は一食も放っておいた事もありませんし、主人にしてもらった事もありません。おむつの世話から全部していました。家で私が三ヶ月看病していて、いやがるお母さんをなだめすかし、近くの往診の先生の病院へ三ヶ月入院。その先生の世話で、近所の特養ホームに入所しました。お母さんは特養ホームにいる事がいやで私が押し込んだと言いまくります。そして毎日面会に来いと言います。そして行くたびに、「私は男の子三人産んだのだ」と、聞かされ続け三年がすぎました。お母さんの命があと三ヶ月くらいと思う頃から見に行く日も多くして様子をみていました。もう一ヶ月くらいしか命がもたないと思える頃には私も食事介助をして流動物を口に少しずつ入れたりしていました。主人はたまにしか見にきません。お母さんは変わらず「べさばっか」と言ったり、「私は男の子三人産んだのだ」といばり口調でいいます。私は何も言わず衣類の点検などしていました。あと一週間くらいしか持たないと思う頃（連絡しておいたので）には主人の兄弟や孫が毎日のように来てくれます。声かけすると、にこやかな顔をむけるのに、私が「お母さん」と言うときつい目になってにらみつけ口を一文字にかみしめます。九十一歳で呼吸ができなくなる寸前まで、私をにらみ続けました。私はいっさい口答えをしませんでした。私はありがとうと言ってほしいのではなく、心安らかに逝ってほしかったのです。人間としての心が気の毒でなりませんでした。

お母さんの死後三年間は、額に入っている写真が私をにらみつけていました。私もにらみ返していました。毎日お仏壇にお参りしてお経の練習をしました。三年後、お母さんの顔がおだやかになり、その後少しほほえんで見える時もあります。私の心が変わったのだなと思っています。

お仏壇にお参りした時、必ず正面の木彫のお釈迦様の顔を見ます。普通の顔ですが、ほほえんで見える時が多いです。おこった顔に見える時も、たまにあります。毎日私の心をしっかり見ているという感じがします。

今、生きている事がとても幸福です。この感謝の気持ちをボランティアで他の方に少しでも長く、元気で過ごせてもらえればと、健康ダンスウオーキングを教えています。又、地元の知り合いの高齢者の家へ話し相手に行っています。コロナ禍なので様子を見ながら、控えていますが……。

食事について

結婚して一年後に長女出産。お母さんは「さあ、嫁に根がついた」と言って、急に食事のおかずがすべて半分になり、小皿でもらえていた食品類はもらえなくなりました。漬物は主人が食べないので、私の分もカットされます。私の主人は後継ぎだから漬物なんか食べなくてよいと育てられ、金額の高いおかずを別に出されていました。

長女出産の二年後に次女を出産しました。一週間後に退院、泉の家に帰るなり、おじいさんも、お父さんも、お母さんも「べさばっか」と言ってそっぽをむかれました。おばあさんだけやさしく声をかけて下さり、一度も言いませんでした。

産院から退院してきた夕方、のどがかわき、冷蔵庫の牛乳をコップ一杯飲んだら、「おまえの分はないから飲むな」と言われ、以後二度と飲んだことがありません。次の朝食から、ごはんだけ食べてもよいとなりました。ただ、「『嫁入り道具に米三俵も持ってきたのに、ごはんも食べさせてもらえない』と言われたら、けたくそ悪い」と、お母さんに言われました。三食ともごはんだけお代わりしてもよし、あとはおつゆ一杯だけ、他のおかずは、その前の食事の煮物などの残ったものがあったらもらえます。なければありません。佃煮昆布と、とろろ昆布を台所へ取りに行きます。前の食事の煮物の残り物が多いと、どんぶり鉢に山ほど入れて私の場所にあり、それを一食で食べ終わらないと、次の食事も私はそれだけのおかずです。

子供が一人生まれた後も、お母さんとは商売の事などいろいろ話をしますが、次第に言い方が冷たくなってきました。これ以上相手をキズつける言葉がないというほどの話し方なので、私は、毎日何回も泣いていました。そのうえ食事がこんな有様です。なさけなくて、泣こうと思わなくても、ごはんを食べ出すと涙だけポロポロ落ちてきてごはんの中に入ります。涙の塩味でどれだけ食べたことか。

十年辛抱しましたが、その話し方は変わらず、私は栄養がたりないまま。でも、そんな事考えているひまもありません。とにかく腹がふくれるまで、毎食、〝涙ごはん〟三杯食べていました。

十五年過ぎた時、これはお母さんが病気だから私に冷たい言葉でしか言わない。そう思うようにしようと心で決めました。

それから五年が過ぎ、一日に一度も泣かないという日があるようになり、一週間に一回くらいしか泣かないとなった頃には心がほっとして、とてもうれしく感じていました。食事の内容は相変わらず残り物だけですが、涙のごはんも少なくなりました。現場へ弁当を持って行く日も、私のおかずは残り物。でも、残り物がなければ、ごはんの上に梅ぼしをのせ、とろろ昆布で全面をおおうだけ。一方、主人のおかず入れは色とりどりです。お母さんは弁当の日は必ず台所へ監視にきます。弁当持参の仕事がなくなるまで続きました。

私が四十代中頃、娘が二人とも大学に進学し、お母さんと主人と三人の生活になります。その頃から、私は自分のおかずも少しだけ取りわけるようにしました。お母さんは『私の目の黒いうちはかってなまねはさせせん』と言ってにらみつけていますが、私はだまって食べてしまいます。お母さんが一緒の食事はすべて自由ではありません。主人が主で、私の食事の量はその半分でした。お母さんの死後、ごはんの味がすごくおいしく感じました。

子供と自殺を考えた一ヶ月間

二人目の女の子を出産した時の話です。名前は、長女の時はお父さんが付けていました。私は実家へ一ヶ月間帰らせてもらっていたので、主人から名前を聞いただけです。

二人目の名前も同じかと思ったら、だれも見向きもせず、主人も「私に付けろ」と言うだけです。出生届を出すぎりぎりの日に、歩いて市役所へ行ってきましたが、産後二週間ですから、とても体がつらかったのを覚えています。

お父さん、お母さん、おじいさんの三人は、朝・夕のあいさつの返事と廊下ですれちがった時に、必ず「べさばっか」と言います。私はなるべくすれちがわないよう、三人をさけていました。

お父さんとおじいさんは何年も、何年も言い続けました。お母さんは下の娘が小学校へ行く頃には言わなくなりましたが、前に述べましたが、今度は「私の息子を取った」と、亡くなるまで言うようになりました。

そのおじいさんやお父さんが亡くなると、再び、お母さんが「べさばっか」と二人の男の代わりにずっと言い続けました。二人目の出産後は実家に帰らないのが、この土地のしきたりです。しかも、二人目も女の子なので、ろくな食事ももらえません。ですから母乳がたりず、いろいろな方法でミルクを飲ませようとしましたが、とうとう飲んでくれませんでした。当時、私は離乳を早めて次女を育てようと一生懸命でした。

首がすわるようになった五ヶ月頃、私は生きているのがつらくて、次女と一緒に自殺しようと思うようになります。夜泣きすると「家の中で泣かせるな」とお母さんからしかられるので、毎日のようにおんぶして外へ出ます。その年の冬は、雪が積もっていない冬でした。このまま川へ飛びこもうと思いながら、町内の角から次の角まで行ったり来たり。次女が背中ですやすや寝息をたてるのを聞きながら、今日はやめておこうと家へ入るのです。こんな具合に、毎日夜になると次女と自殺しようとばかり思っていました。

　ある夜、次女の夜泣きが始まったので、すぐにおんぶしたところ、長女が目を覚ましました。そこで、長女もつれて外へ出ました。手をつないで、町内を行ったり来たり。長女だけ残して自殺すると、長女はまま母に育てられる。それならいっそ三人で川に飛び込もう、と思っていたその時、長女が「ママ、おうち入ろう」と言ったのです。

　私はハッとしました。神様からいただいた二人の命を私が奪ってしまってはいけない、死のうと思った事は間違っていると気がついたのです。

　この時から自殺は考えなくなりました。自分さえガマンすれば、子供達は、両親と泉の子として生きてゆける。意地悪なお母さんと私と、どちらかが死ぬまでがんばってやろう。年の順ならお母さんが先に行くし、男子を産まなかったのだから、私が男になったつもりでがんばろうと決心しました。

一番つらく思っていた事

新婚旅行には自分の小遣いを三万円持って行きました。このお金があったので、泉の家からお金をもらえなくても、すぐにはこまった事はなかったのですが、五年も過ぎると、化粧品がなくなり、下着類もだんだんすり切れてきます。下着は、二枚だけ外出用に残しておきましたが、七年もたつと外出用の他にはなくなってしまいました。

結婚して三年頃に、お父さんとお母さんの話が聞こえました。お父さんは、「嫁にお金を持たせると浮気するから持たせるな」と言っていました。ですから、お金はまったくもらえません。主人は、お母さんから月々小遣いをもらっていました。いくらか言わないし、私も聞かないので知りません。ただ、私が主人に「千円ほしい」と言っても、「これでもたりないのだからやれないよ」と言うだけです。

そんな主人の衣類は、お母さんが季節ごとに下着類だけでなく、遊び着まで買い与えています。結婚して十年過ぎても、二十年過ぎても続きました。私は、主人の古くなったパンツやシャツを直して、普段は着ていました。

一番たいへんなのは生理中でした。お母さんだったら女なので、わかって下さると思ったのですが、生理用下着も生理用ナプキンも買えないので、落とし紙やぼろ布を利用して戦後のような方法でやり過ごしました。

子供達には小遣いをやれず、子供服は小学校へ行く頃までは、子供の出産祝にいただいた服を直したり、いただいた毛糸を編んで、チョッキ、セーターなど作ったり、又、ミシンで縫うなどして過ごしました。

お母さんは上の子だけかわいがって、小学校の頃からたまにですが上衣やスカートを買って下さいました。でも、下の子はずっとお古を着せていました。

子供が小学校入学後、集金袋はすべてお母さんに出し、お金を入れてもらいます。そのうち二人目も入学し、代わる代わる集金袋を出すので、二〜三年たった頃には、十円単位がきちんとない時があったり、ぎゃくに十円か二十円のつり銭が出たりする時もありました。そのおつりは私がもらってよい事になりましたから、そのおつりを二〜三年かけて集めておき、三十代中頃に百円の化粧品を三個、買う事ができました。この時のうれしさは、今も心の奥に覚えています。

顔に水しかつけるものがないという事は、女としては最高にさみしく、つらいものでした。

髪型は仕事でヘルメットをかぶるので、ショートカットにしていたのですが、髪を切りに行くたびに、お母さんからお金をもらっていました。

お父さんが亡くなって三年後、お母さんから店の会計を譲ってもらうまで、このような貧乏生活が続きました。

つらい中でも幸福を見つけて生きる

結婚して、多勢の人と生活する中で、一ヶ月、五ヶ月と日が増すごとに、「しまった、泉と結婚するのではなかった」と感じる場面が増えてきます。例えば、季節の変わり目にどのような事をするのか、やさしく教えてくれません。それでお母さんの様子をずっと観察して、頭の中にたたきこみました。

主人の短所、長所も見えてきます。後継ぎだからと甘やかされて育ち、結婚後も続いている様子が情けなく感じました。しかし、私だって欠点のある人間です。主人の欠点ばかり見るのでなく、結婚した以上は、主人の長所ばかり見るようにしていれば腹も立たないし、と自分に言い聞かせました。それよりも家の中で姑のいじわるにどうやって耐えるか。その方が、はるかに大きく、私の心を占めていました。

夜、主人は食事が済むと、さっさと二階にある自分の部屋へ行ってしまいます。私は主人と一緒に現場から帰ると、事務の仕事をして、そまつな夕食と台所片付けをしてやっと入浴です。

主人はテレビを見ていますが、私は続けてテレビを見ていないので、続きものはわかりません。それに、テレビより主人の顔を見ている方が、ずーっと楽しいです。又、先に寝てしまった主人の寝顔を眺めているだけで、心が安らいできます。そうでない時もあって、寝る時になると、自然に涙が出てしまいます。そんな時は、涙を流しながら寝てしまいます。

仕事がお休みの日、主人はなるべく私と子供二人を連れて、釣りに出かけてくれます。私が家にいると、お母さんから、つらい事ばかり言われるのを知っているからです。四人分の昼の用意を私にさせて、川へ連れて行ってくれます。こういう時が時々あるのでとてもうれしいです。

中でも渓流つりは山の谷川で子供達と楽しく遊べますので最高です。平日の家でのいやな事をすべて忘れられます。

子供が山の中を自由に行動できる学年になると、休日、親子四人で弁当を持って、山へ山菜を採りに出かけました。

自然の中にいると、心から明るくなります。私は主人と結婚するまで山菜採りに行った事がなかったので、山菜の勉強はできるし、帰りは必ず家で食べられるおみやげがある。主人との、そんな楽しい思い出もあります。

働いた仕事の内容

結婚後一ヶ月くらいから、工場から現場へ、お父さんが私をつれて行きます。そして、いろいろな方法を教えて下さいます。私は職人になりたいのではなく、泉家の仕事を理解したい一心で、そうした作業の手順を覚えました。

お父さんは頭が良いのがよくわかりました。教え方も上手です。明治時代からおじいさん、そしてお父さんと続いて職人を育ててきているだけあって、その点はさすがだと尊敬しております。お客様とも上手に話しします。お父さんは家に帰ると「べさばっか」ですが、現場ではまったく別人です。

ある時、家で食事の時に祖父と祖母に「この嫁は覚えるのが早いし、手も早いし、段取りはいいし、そこらの男にはまけないぞ」と話し、年寄り二人はとても喜んで下さいました。お母さんだけフンと横を向きました。

朝から現場へ行かない日は、年寄りの世話、家の中と店のそうじ、工場のそうじをします。そして店の事務も覚えるよう教えて下さいます。

地元での現場の人手がたりない時には、私に少しの時間でも来てくれと、お父さんが呼びにきます。朝起きて、寝るまで休んでいる時間がありません。

二人目を出産するまでは、食事のおかずが半分でももらえたのでよかったのですが、二人目を出産、続けて女の子だったので残り物だけの食事にされてしまいました。夕方、現場から帰ると二人目をつれて事務所に行きます。その日の会計が合ったら、茶の間に来てよし、合うまで夕食を食べるなと言われ、遅くなると残り物を一人、涙をこぼしながら食べていました。そして、台所のかたづけはすべて私の仕事です。お母さんは「嫁の仕事だ」と言って、部屋へ行ってしまいます。私の子供は何を食べて、何をしていたのか、見るひまさえありません。ひがまず元気に育ってくれた事を感謝しています。

離婚について

長女が小学校入学の前の年に、主人と相談してこの泉の家を家族で出て、主人も私もこの店へ通勤してくるのはどうかと、二人で一週間ほどの間に借家を数ヶ所見て回りました。建物は古くはありませんが、家の中に風呂がありませんでした。主人は家に風呂がないのはいやだと言います。私がそんなに泉の家にいるのがいやなら（我慢できないなら）離婚しようと言い出しました。

私は主人が嫌いで泉の家を出たいのではないので、離婚という言葉にびっくりです。

そして私に一人で出て行ってほしい、子供二人は自分のかわいい子供だから置いていけと言います。

私も「子供二人連れてなら離婚するけど」、と話し合い、「では、一人一人わけるか」と主人は言います。

私は一人残して出ると、その子は継母に育てられる、そんなかわいそうな事はできない。それなら私が辛抱して、この家にいて、子供は両親のもとで育てられる。私さえ辛抱すればと決めました。

以後、離婚を考える事はありませんでした。

社交ダンスとの出合い

厳しいお父さんが亡くなると、主人は独身からずっと続けていた渓流つり、鮎つりをやめて、地元の友達で社交ダンスを習い出しました。私は初め、主人が社交ダンスを始めたとは知りませんでした。

私は、お父さんが亡くなって八ヶ月くらいの時、左脚のアキレス腱をほぼ全部断裂。近所の整形外科で手術、入院することとなってしまいました。長女が小学校卒業前の行事で親子バスケットボール大会があり、私はＰＴＡ役員を無理やりさせられていたので（学校が近くのせいでしょう）、試合に出て大けがをしてしまったのです。

私が家にいなくなり、お母さんの腹立ちは入院中の私にも伝わってきます。お母さんは一度も病院へ見舞いに来ません。

術後一ヶ月で、大腿の付け根まで当てられていたギプスが、膝上から足の裏まで短くなり、松葉杖での歩き方も上手になりました。その頃、病院の夕食を済ませた後、主人が毎日迎えに来て、私は松葉杖のまま外出させてもらいます。我が家の台所へ着くと、流しには朝から夕食まで食べた食器、なべ類、フライパンが積まれています。お母さんから「毎日台所へ洗いにこい」と言われ、退院するまでの一ヶ月間、毎日夕方には主人が迎えに来ます。私は片足で立って台所の洗い物をするのです。最初はすぐに疲れてしまい休みながら洗っていましたが、だんだん慣れてきて、休まなくても続けて洗えるようになり、洗い物を四十分くらいで済ませて病院へ帰れます。家に戻ると二人の子供の顔が見られる時もあるので、それが楽しみでした。

退院後も半年間は松葉杖をついて、病院へ通っていました。通院は間隔が少しずつのびていきます。

家に帰れば以前のとおり働かなくてはいけません。でも、床やトイレそうじは片方の足が曲がらないのでとてもたいへんでした。お母さんはふんと言っていばっているだけでした。

松葉杖がとれても足の引きずりと、足首の痛みは残ります。これに慣れていくしかありません。足首の痛みが消えるまで六～七年かかると聞いていましたから、私は左脚のマッサージを熱心にして、六年で痛みはなくなり、足を引きずることもなくなり、完全に治りました。この頃、私の心の中でアキレス腱を切ったのは、神様が私を少し休ませてやろうという事だと思っていました。

アキレス腱断裂から二年後の頃に、主人が、足のリハビリのためにも社交ダンスの練習相手に来てくれと言い出しました。私は何もできませんが、週一回、夜一緒に出かけることにしました。この練習がある日の夕食は、私だけ台所で立って食べていました。量も少なく、洗い物も済ませて出かけます。

お母さんは、私が毎週出かけるのが気に入らず、私に「よその男にだきつきに行く」と大声でどなります。毎週どなられるので、私は主人にダンスの練習に行くのはやめておくと言ったら、「よその男と踊るどころか、おれの相手をして練習してくるだけだ。今やめて、母がいなくなってから、さて社交ダンスでもしようかと思った時には、自分が年寄りになってできなくなるのだから気にしないでついてこい」と言われ、続ける決心をしました。

地元でも社交ダンスの会があるので、私達はそこに入り、長年続けている人達に習っていました。

主人とは日曜日に県のホールへ練習に行くようになりました。ただ、主人が他の人と踊れるようになると、私は他の男性が踊って下さるのですが、暗い方へ行ったり、チークをしたりする時があります。私は、そういうのはいやなので、主人に暗い所のあるホールは行かないと言って、競技選手が集まる明るいホールに行く事にしました。

ところが、踊りが下手で、だれにも踊ってもらえません。そこで、個人レッスンを受けることにします。土曜日午後に個人レッスン、日曜日に少しでも上手になりたくてホールへ行きます。その入場料とレッスン代だけが私の一ヶ月の小遣いです。主人は毎月、以前お母さんからもらっていた同額を渡していました。私の三倍以上です。私は町へ行ってもコーヒーを飲む余裕さえありません。服も独身の時の服です。ダンスをしている間はすべて、いやなつらい生活を忘れていられるので続きました。

仕事が休みの土、日に主人と車で出かけるのが、お母さんは腹立たしく、平日にお母さんはバスで町へ遊びに行っているのですが、私も町へ乗せてと言い出して、助手席に乗り、主人に毎回小遣いを渡しています。

その後、主人から「行くホールが違うのだから、別々に行け」と言われ、私は軽トラックで行っていました。私はトラックでは少々はずかしいので、主人に店用で軽のバンを買ってもらい、この車で行きました。

個人レッスンを受けるようになってからは、少しでも上手になりたくて、毎晩、台所仕事や用事を済ませ、早くて九時頃、遅いと十時頃から作業場へ行きます。ここは、車などが縦に止めてあって、その横が空いているので、そこで練習をするのです。短くて三十分、長いと二時間。休むのはお盆と正月だけ。この時間があるので、一日のいやな事すべてを忘れられます。

県ダンス協会の発表会が年一回、競技会も年一回あって、主人が見につれて行ってくれます。ダンスレッスンを始めて三十年以上。その間、作業場での練習は五年間続け、その後は家の洋間で週三回くらい、二十年くらい続けました。

七十代に入ったあたりから、体力が落ちたので茶の間や廊下で短時間気が向くとウオークするだけ。

今の教室で二十年以上になりました。先生はプロA級で技術は確か、人間的に私の気に入った先生なので高齢になった私でもリハビリをする感じで、なおかつ上達していく自分がうれしく、月に二〜三回レッスンに行きます。

以前、目的なしのレッスンをするくらいなら、インストラクターの資格を取るよう勧められて、十七年前に取りました。その後、もう一度基礎からレッスンして今に至っています。社交ダンスは全身で動くのでとてもよい運動です。できるだけ人のお世話にならないで生きていたいので続けたいです。

市内の社交ダンスの会へ行って教えてあげたり、公民館で健康ダンスウオーキングをしたりしています。

生きている事の感謝

私の母は働き過ぎと栄養不足で、三十九歳で亡くなりました。父が亡くなったのは六十五歳です。

私も働き過ぎで、膝は毎月一回両方ともヒアルロン酸ナトリウムを注入します。腰は骨が五個つぶれてしまったのですが、そのつぶれ方がひどく、身長が七センチ縮みました。膝痛、腰痛が激しく、はって歩くくらい痛くても通院しながらがんばりました。今は膝・腰共に上手に付き合いしていれば毎日楽しく動く事ができます。

心臓も、過労でますます悪くなり医者へ行っていましたが、なかなか良くなりません。今は良い主治医にめぐり会いましたが、それでも良くなるためには心臓移植しか方法がないそうです。そこで現在の医学で可能なかぎりの治療をしています。

現在のところ心臓の痛みも感じない日が続くようになり、毎日楽しく過ごせるのでより強くしあわせだなと感じます。

腹が立つということがないので、腹が立つ神経はなくなったのではないかと思っています。今が青春　毎日何をしていても楽しい。いやな気分にならない。ただ体力がついてこないだけ。

七十七年も生きてきてまだ社交ダンスが踊れる。

持っているお金は私が四十歳以後にこつこつためてきた分だけ。国民年金だしぜいたくはしない。生きていくための必要経費はどうにかまかなえると思う。あわてない　あわてない　ゆっくりいこうよ　しあわせ　かんちゃん。

朝の目覚めはいつもよいです。すぐ仏間へ行き、入り口で「元気で目が覚めました。今日も生きていました。ありがとう」と、手を合わせてきます。そして一日が始まります。

まずこの事が感謝です。

自分で日常生活ができる。年と共に思考力、体力は落ちるけれど、他人のお世話にならなくても生きている。一日のうち、朝、昼、夕に関係なく、ごはんをたいた時に必ず仏壇用の器にごはんを盛っておそなえをします。仏間にある写真のお母さんの顔は、もう一度見なおしてもにこやかです。文芸社さんの話も報告しました。

あとがき

今しあわせだなと思って生きている私を導いて下さったのは、看護師として働いていた病院からあまり遠くない所に住んでいらした、おじさん御夫婦（おじさんは母の一番下の兄弟です。私は小学校の時に数回お会いしただけで、会話の記憶もありません）でした。たまに訪ねるようにしていました。そのうちだんだん打ち解けてきて、疲れた時に行き、休ませてもらうようになりました。ほとんど平日に伺うので、おじさんは会社へ、子供さんは学校へと留守の方が多いです。

おばさんはとてもよくできた方で、やさしくて思いやりがあり、私は母のような、時にはお姉さんに接する感情を抱きました。結婚する際も「看護師をやめるのはもったいないけれど、自分で選んだのだから、がんばりなさい」と言って下さいました。結婚後十年ほど過ぎてから、やっと賀状を出しました。

その後ずっと、賀状だけのお付き合いですが、私の心の中をのぞき見しているかのような言葉が書かれていて、ものすごく力づけられました。おかげさまで、私の進む道が間違わず歩けたと思っております（この賀状は私の宝物です）。

社交ダンスをやり出して五、六年後に、主人から別々にダンスに出かけるように言われてから、おじさんの家へ訪ねる事ができるようになり、今に至っています。

おじさんは少し前に亡くなりましたが、おばさんはお元気で、人間的にも尊敬しております。

本書では、現在差別用語とされている語句がありますが、時代を鑑みて、そのまま使用しております。

著者プロフィール

泉 寛（いずみ ひろ）

生年：1945年
出身：福井県
学歴：赤十字病院附属看護学校
その他：看護師国家試験

しあわせ　かんちゃん

2023年５月15日　初版第１刷発行

著　者　泉 寛
発行者　瓜谷 綱延
発行所　株式会社文芸社
〒160-0022　東京都新宿区新宿1－10－1
電話　03-5369-3060（代表）
03-5369-2299（販売）

印刷所　図書印刷株式会社

ISBN978-4-286-30094-8